Tristouillet,
roi de Chagrinie

Castor Poche
Collection animée par
François Faucher, Hélène Wadowski,
Martine Lang, et Cécile Fourquier

Une production de l'Atelier du Père Castor

PATRICE FAVARO

Tristouillet, roi de Chagrinie

Pièce en 3 tableaux

Castor Poche Flammarion

Personnages

TRISTOUILLET, LE ROI

GEIGNARD, VALET

GROGNARD, VALET

BROIDUNOIR, MINISTRE DES ARMÉES

GRINCHOTARD, MINISTRE DES FINANCES

MADAME GRINCHOTARD, SA FEMME

GALIMAFRÉE, VOYANTE
ET MINISTRE DU TEMPS-QU'IL-FAIT

RISETTE, UNE FÉE QUI A TOUJOURS
LE SOURIRE AUX LÈVRES

LES CHAGRINEUX ET LES CHAGRINEUSES :
UN, DEUX, TROIS, QUATRE, CINQ, SIX...
AUTANT QU'ON LE VOUDRA !

Personnages apparaissant dans le tableau 1

GEIGNARD
GROGNARD
BROIDUNOIR
GRINCHOTARD
MADAME GRINCHOTARD
TRISTOUILLET
GALIMAFRÉE

Premier tableau : le lever du roi

En cet an de grâce 1234, l'hiver est des plus froids en Chagrinie. Certains prétendent même qu'il va durer douze mois. Le ciel est si bas qu'on courbe la tête pour ne point s'y cogner ; les journées sont si maussades, qu'on avance les horloges pour les voir plus vite passer. Sur cette morne contrée, règne le jeune roi des Chagrineux : Messire Tristouillet. Il demeure en son vieux château de pierres grises. La sinistre bâtisse s'élève au milieu d'une plaine désolée ; les gens du voisinage – ils ont de l'à-propos – l'appellent le Castelaid. Sitôt franchi le seuil de ce lugubre château, on découvre une vaste pièce : la salle du trône. Ici point de riches objets et de beau mobilier, pas de velours, ni de soie ni d'ors ; la salle ne possède qu'un trône, un trône très ordinaire. Dans le lointain, on aperçoit une portière de toile sombre et un peu mitée dont les deux pans sont refermés.

Notes

Geignard et Grognard entrent en scène, chacun par un côté opposé. Geignard fait grise mine et Grognard a l'air bougon. Tous deux portent un costume de valet assez peu reluisant. Voilà sommairement brossé leur portrait. Ah ! n'oublions pas : ils ont chacun à la main un plateau sur lequel se trouve de quoi servir un petit déjeuner. " Petit " s'entend au sens propre du terme : tartines et brioches, pots, tasses et autres ustensiles paraissent tout droit sortis d'une dînette de poupée tant ils sont minuscules.

Dès qu'ils ont gagné le milieu de la salle, les deux valets s'arrêtent face à face, puis ils se tirent longuement la langue. Eh oui ! on se salue ainsi en Chagrinie.

GEIGNARD
Môsieur !

GROGNARD
Môsieur !

GEIGNARD
Comment allez-vous ce matin ?

GROGNARD
Je suis fourbu, moulu, rompu. Et vous, bien dormi ?

GEIGNARD
Pensez donc, mes os me font un mal de chien.

LES DEUX
Ah ! là, là !

GEIGNARD
Vous avez mis le nez dehors ?

GROGNARD
Affreux ! Et ça ne va pas s'arranger à ce que j'ai pu voir.

Notes

GEIGNARD

Vous avez remarqué, vous aussi ? Quand les corneilles vont vers le vent, il faut s'habiller jusqu'aux dents.

GROGNARD

Quand les vaches sont couchées du même côté, il va faire mauvais.

LES DEUX

Ah ! là, là !

GROGNARD

Quoi de neuf ?

GEIGNARD

Oh ! nous le saurons bien assez tôt. Les mauvaises nouvelles ont des ailes.

GROGNARD

Hélas ! oui. Le malheur n'épargne personne ici-bas.

LES DEUX

Ah ! là, là !

Notes

La fatigue aidant, les deux valets se mettent à lorgner sur le trône. Ils avancent lentement vers le siège et, dans un même mouvement, s'apprêtent à s'y asseoir. Au moment où la partie la plus charnue de leur anatomie va se poser sur l'auguste trône, une voix résonne sèchement. Geignard et Grognard sursautent, c'est la voix du général Broidunoir.

>

GEIGNARD

Croyez-moi, ce royaume est dans un triste état.

GROGNARD

Chaque jour ça empire.

GEIGNARD

C'est l'anarchie qui règne ici. On ne résistera pas longtemps à ce régime.

GROGNARD

Qu'on en change ! Vive la Répu...

GEIGNARD

Taisez-vous, malheureux. Il pourrait vous entendre...

GROGNARD

Que ça finisse ! J'ai des crampes, moi.

LES DEUX

Ah ! là, là !

LA VOIX DE BROIDUNOIR

Il n'y a personne ?

Le général Broidunoir entre par un côté. Il est vêtu à la mode mercenaire, son costume est composé d'éléments provenant de différents uniformes : un véritable arlequin de bataillon. >

GROGNARD
Qui... qui... qui va là ?

GEIGNARD
Là... là... là va qui ?

LA VOIX DE BROIDUNOIR
Ah ! sentinelle !

GROGNARD
Ça ne peut être que le général !

GEIGNARD
Qui d'autre pourrait aboyer ainsi ? On croirait entendre un bouledogue. Plus précisément : un bouledogue qui vient de découvrir qu'on lui a volé sa gamelle.

BROIDUNOIR
Est-il levé ?

GEIGNARD ET GROGNARD
On l'ignore, général.

BROIDUNOIR
Son père, lui, dès qu'il était levé, on le savait. C'est moi qui vous le dis !

Notes

Grinchotard surgit brusquement, il est essoufflé. Il porte les vêtements d'un homme riche. Qui tient surtout à le montrer, pour être plus précis. Sa perruque, son visage poudré, ses manières de courtisan et sa silhouette lui donnent un air de vieux polichinelle. >

GEIGNARD
En effet.

BROIDUNOIR
Ronchonneau Ier n'aimait guère les tire-au-flanc !

GROGNARD
Certes.

BROIDUNOIR
Pas plus que les planqués dans votre genre !

GEIGNARD
Assurément.

BROIDUNOIR
Ah, sentinelle ! En ce temps-là, la Chagrinie ne comptait pas de dégonflés ! C'était un pays d'hommes, de vrais !

GEIGNARD ET GROGNARD
Affirmatif, mon général.

GRINCHOTARD
Est-il levé ? Est-il levé ?

Notes

GEIGNARD, GROGNARD

On ne sait ! On ne sait !

GRINCHOTARD

Ce que j'ai à lui dire est de la plus haute importance. De la plus haute importance ! Allez le secouer, vous deux.

GEIGNARD

On tient à garder notre tête là où elle se trouve. Alors, allez-y vous-même !

GRINCHOTARD

Comment ? Comment ? Non mais vous...

BROIDUNOIR

Ayez la politesse d'attendre votre tour, Môsieur le ministre de la petite monnaie.

GRINCHOTARD

Pe... pe... petite monnaie ?

BROIDUNOIR

De la petite monnaie et des grands trous dans le budget.

Notes

Lorsqu'il éprouve une trop vive émotion, Grinchotard ne peut s'empêcher de bégayer. C'est bien embê…bê…bêtant ! D'autant que Madame Grinchotard entre soudainement en scène. C'est une grande dame avec une prononciation si distinguée ! Et elle est encore plus richement vêtue que son ministre de mari. Arrivée par le même côté que Grinchotard, elle se trouve donc derrière lui, tout le monde l'aura compris, et lui en est fort surpris !

>

GRINCHOTARD

Le bu...bu... bu... bu... bu...

MADAME GRINCHOTARD

Bu ? Vous avez bu et vous vous en vantez bon abi ! Ah ! le joli binistre que voilà !

GRINCHOTARD

Je suis sou... sou... sou...

MADAME GRINCHOTARD

Bais personne n'en doute ! Allons, cessez de vous donner en spectacle.

GRINCHOTARD

Je suis sous... sous le coup de l'indignation ! On m'accuse de faire des trous...

MADAME GRINCHOTARD

Et qui donc ?

BROIDUNOIR

Boi, très chère Bâdame.

MADAME GRINCHOTARD

De quels trous, parlez-vous, Bôsieur ?

Notes

BROIDUNOIR

De ceux que fait votre époux dans les caisses du royaume.

MADAME GRINCHOTARD

Et pourquoi bon bari les ferait-il ?

BROIDUNOIR

Il n'est qu'à vous voir porter chaque jour une de vos nouvelles et coûteuses toilettes pour s'en faire une idée !

MADAME GRINCHOTARD

Quel goujat !

BROIDUNOIR

Vampiresse !

GRINCHOTARD

Att... att... att... attention à vous.

BROIDUNOIR

Ah ! vous, le paltoquet !

GEIGNARD

Messieurs !

Notes

En sortant >

MADAME GRINCHOTARD
Fier-à-bras ! Bravache ! Plastronneur !

GROGNARD
Madame !

LA VOIX DE TRISTOUILLET
Ça y est ! Vous avez réussi à me réveiller.

GRINCHOTARD
Il a enfin ouvert les yeux.

BROIDUNOIR
C'est pas malheureux !

LA VOIX DE TRISTOUILLET
Geignard ! Grognard ! Cossards, flemmards, rossards, lézards !

GROGNARD ET GEIGNARD
Voilà !

GRINCHOTARD
Il a enfin ouvert les yeux, disais-je.

Notes

On entend tout d'abord un bruit de vaisselle cassée puis celui d'une paire de gifles bien sonores. Geignard et Grognard reparaissent en se tenant la joue. >

Madame Grinchotard
Je l'entends qui se lève.

Broidunoir
Les deux balourds doivent dresser la table.

Grinchotard
La suite nous la connaissons.

Grognard
Aïe ! Aïe ! Aïe ! Cette fois, le café était trop sucré !

Geignard
Et les tartines pas assez beurrées ! Il a encore tout envoyé promener.

Broidunoir
Une bonne guerre et des rations de biscuits secs, voilà ce qu'il lui faudrait.

Grinchotard
Moi qui ai horreur du gaspillage ! Cela me peine.

Notes

Le sire Tristouillet fait son entrée sans saluer personne. Il porte une épaisse chemise de nuit et un bonnet. Sous ce dernier, on devine sa couronne royale. Tristouillet ne la quitte jamais, même pour dormir. Mieux vaut ne pas laisser traîner un tel objet : une couronne, c'est toujours très convoité ! Grognard et Geignard se hâtent d'aider le roi à monter sur son trône, pendant que les autres, la langue pendante, le saluent avec de grandes courbettes. >

Madame Grinchotard

Un enfant gâté, voilà ce qu'il est. Que dis-je, non pas gâté bais pourri !

Broidunoir

Taisez-vous, le voici.
Toujours tôt levé, on reconnaît bien là le sang des Tristouillet qui coule en vous, Majesté.

Grinchotard

Sire, vous ne prenez pas même le temps de déjeuner tant les affaires du royaume vous tiennent à cœur ! Quelle leçon de dévouement pour nous autres.

Madame Grinchotard

Et balgré vos bille soucis, Bajesté, vous avez toujours une bine splendide.

Tristouillet

Encore une affreuse journée qui va commencer ! Ne peut-on éviter que le conseil des ministres se tienne à une heure aussi matinale ?

Notes

Broidunoir est dans un état d'excitation extrême. Il ponctue chacune de ses paroles par de grands mouvements de bras comme s'il se battait vaillamment à l'épée. Du moins se l'imagine-t-il, il n'en a jamais tenu en main. >

BROIDUNOIR

Négatif.

GRINCHOTARD

C'est l'usage en Chagrinie.

TRISTOUILLET

Bon, qu'on en termine au plus vite ! À vous, ministre des Armées.

BROIDUNOIR

Majesté, nos ennemis vont envahir le pays.

TRISTOUILLET

C'est le même refrain tous les matins.

BROIDUNOIR

L'heure est grave, croyez-moi, Majesté. Nous sommes assiégés par des hordes d'ennemis étrangers. Il en vient de partout ! Ils s'infiltrent dans nos murailles par la moindre brèche, la moindre fissure. Ils creusent des galeries. Oui, oui ! Ils creusent par-dessous nos fortifications.

Notes

Crii... crii... crii... Et la nuit venue, ils émergent des sombres profondeurs pour hanter nos rues. Ils nous obligent à tenir porte close. Cela ne peut plus durer, il faut qu'enfin revienne la Chagrinie aux Chagrineux !

TRISTOUILLET

Mais c'est une obsession ! Vous êtes le seul à entendre quelque chose. Et on n'a jamais vu ceux dont vous parlez !

BROIDUNOIR

Ils creusent. Crii... crii... crii... Ils sont partout !

MADAME GRINCHOTARD

Voilà où bène la boisson !

TRISTOUILLET

Rien d'autre à ajouter, monsieur le ministre des Armées ?

BROIDUNOIR

Sire, mes hommes menacent de déserter

Notes

si l'on n'augmente pas un tout petit peu leur solde. Alors, si vous pouviez…

Tristouillet
Passons donc sans tarder au sujet suivant. À vous, ministre de la Monnaie.

Grinchotard
Majesté, les coffres du trésor sont vides.

Tristouillet
Chaque matin, c'est le même refrain.

Grinchotard
Les Chagrineux ont toujours mille bonnes raisons de remettre au lendemain le paiement des impôts que j'ordonne. Le royaume court à la ruine.

Madame Grinchotard
Si quelqu'un ici ne dépensait pas sans compter !

Broidunoir
Employez donc le féminin. Si quel-

Notes

qu'une ! si quelqu'une ne dépensait pas sans compter.

Madame Grinchotard

Entretenir une coûteuse arbée alors que jabais un seul coup d'arquebuse n'a été tiré ! À quoi nous sert de payer les boit-sans-soif, les éponges, les vide-bouteilles que vous avez engagés ?

Broidunoir

Et que croyez-vous donc ? Que les bataillons de couturiers dont vous vous entourez iront vous défendre avec leurs épingles et leurs petites paires de ciseaux quand l'ennemi attaquera ?

Grinchotard

On pourrait essayer de faire payer aux paysans un nouvel impôt. J'ai pensé que nous pourrions taxer les petits déjeuners. Personne n'y a encore pensé.

Tristouillet

Bien, très bien ! Tout va donc plus mal qu'hier, et demain ce sera pire encore.

Ils sortent. >

Grognard et Geignard reviennent en soutenant une énorme femme à l'aspect négligé. Elle ne cesse de picorer dans un sachet de papier qui contient toutes sortes de friandises. >

Parfait ! Ah ! mais où est la dame du Temps-qu'il-fait.

Broidunoir

Qu'on aille quérir Galimafrée !

Tous

Oui, qu'on aille !

Grognard et Geignard

Galimafrée ? Mais, oui, on l'a oubliée !

Tristouillet

Je ne peux tout de même pas commencer ma journée sans ses prédictions !

Galimafrée

Me voichi, Chire.

Madame Grinchotard

Ne pourrait-elle parler autrebent que la bouche pleine, c'est vraibent dégoûtant !

Grinchotard

La baudruche a encore enflé !

Notes

Broidunoir

Elle prédit la pluie et le beau temps, comme une grenouille. Oh, oh ! mais cette grenouille-là est aussi grosse qu'un bœuf !

Tristouillet

Chut ! Taisez-vous, vous autres ! Alors ma bonne Galimafrée, de quoi notre futur sera fait ?

Galimafrée

Hein, chire ?

Tristouillet

Que prévois-tu ?

Galimafrée

Che prévois…

Tous

Elle prévoit quoi ?

Tristouillet

Oui, quel temps va-t-il faire aujourd'hui ? Parle, à la fin !

Notes

Galimafrée

Auchourd'hui…

Tous

Oui ?

Galimafrée

Quand le choleil brillera très haut, ch'est chûr : il f'ra trop chaud.

Tristouillet

Oh non !

Galimafrée

Mais quand il ne brillera pas, che le chais : il f'ra froid.

Tristouillet

Misère ! il ne se passe jamais rien de joli en Chagrinie.

Tous les autres

Ah ! là, là !

Tristouillet

Qu'il fasse chaud, qu'il fasse froid, j'irai chasser. Mon habit, mes bottes, mon

Notes

Grognard et Geignard essaient de vêtir convenablement Tristouillet qui trépigne sur place. Le résultat est déplorable : Tristouillet à mis sa culotte à l'envers ! >

manteau ! Tout de suite, vous m'entendez ?

GROGNARD
Voilà, voilà, Sire.

GEIGNARD
Votre habit, vos bottes et le manteau…

TRISTOUILLET
Manchots ! Me voilà tout mal fagoté !

MADAME GRINCHOTARD
Vous avez une façon si originale et distinguée de porter votre costube, Bajesté. J'en beurs de jalousie.

BROIDUNOIR
Mouais, pas commode pour monter à cheval, mais ça ne manque pas de panache.

TRISTOUILLET
Ah ? C'est vrai ?

BROIDUNOIR
Allez donc à la chasse à présent, Sire.

Notes

Tristouillet se met à galoper comme s'il était déjà sur son cheval et les autres le suivent dans sa folle cavalcade. >

Et le rideau tombe sur la dame du Temps-qu'il-fait qui trottine comme un malheureux hippopotame.

Nous nous occuperons des affaires en cours.

MADAME GRINCHOTARD

Oui, la chasse, la chasse, la chasse !

GRINCHOTARD

En avant, taïaut, taïaut, taïaut !

GROGNARD

Sire, méfiez-vous.

GEIGNARD

Qui va à la chasse perd...

TRISTOUILLET

En avant, sortons d'ici !

GALIMAFRÉE

Attendez-moi, vous autres ! J'ai de la peine à vous suivre !

Noir

Personnages apparaissant dans le tableau 2

GEIGNARD

GROGNARD

TRISTOUILLET

PLUSIEURS CHAGRINEUX ET CHAGRINEUSES

RISETTE

L'ÉCHO

Deuxième tableau : dans la forêt

Le rideau s'ouvre sur une clairière qui elle-même s'ouvre au milieu de la forêt. À vrai dire, on ne voit pas la forêt, on la devine seulement. Elle est si épaisse que le regard ne peut la traverser. Alors comment peut-on savoir qu'il s'agit d'une forêt ? C'est élémentaire ! Il suffit de baisser le nez : le sol est couvert de feuilles mortes.

GEIGNARD ET GROGNARD

Ohé ! Majesté ! Où êtes-vous ? Ohé ! Majesté ! Nous entendez-vous ?

GEIGNARD

Cette fois, je crois bien que le roi s'est perdu.

Notes

GROGNARD

Quelle idée aussi d'aller se fourrer dans ces fourrés !

GEIGNARD

Le sanglier ! Il a vu un sanglier.

GROGNARD

Poursuivre un vieux mâle solitaire ! Tout le monde sait que ce genre de bête possède un caractère de cochon.

GEIGNARD

Alors, forcément, l'animal fait volte-face et charge ventre à terre.

GROGNARD

Le cheval de Sa Majesté se cabre…

GEIGNARD

Et Tristouillet tombe sur le derrière.

GROGNARD

Personne ne l'ignore : souvent tombe qui trop galope !

Notes

À cet instant précis, un éclair illumine l'horizon puis des roulements de tonnerre résonnent dans le lointain. Geignard et Grognard lèvent les yeux vers le ciel. >

GEIGNARD

Aussitôt relevé, voilà le roi qui se met à courir pour rejoindre sa monture.

GROGNARD

Cheval perdu ne se rattrape jamais.

GEIGNARD

Et maintenant, c'est la pluie qui menace.

GROGNARD

Gros nuages, temps d'orage. Mieux vaut retourner au Castelaid avant que des gouttes ne nous tombent sur le nez.

GEIGNARD

Et que dirons-nous aux autres quand ils découvriront que le roi n'est pas avec nous ?

GROGNARD

On dira que Tristouillet a décidé de rentrer une fois l'averse passée. À mon avis, ils ne seront pas fâchés de continuer leurs

Notes

À nouveau des éclairs et le tonnerre. Geignard et Grognard quittent la scène en scrutant le ciel qui toujours menace. Du côté opposé, arrive Tristouillet qui fait de même, si bien qu'ils ne peuvent s'apercevoir. Ainsi ne voient-ils pas leur chance se soustraire ceux qui vont le nez en l'air. >

Seul l'écho lui répond, mais cet écho-là possède une voix malicieuse. >

petites manigances en son absence. Le chat parti, les souris dansent.

TRISTOUILLET

Mes habits sont tout crottés, mon manteau déchiré, et mes bottes sont restées dans les étriers ! Quelle affreuse journée ! Il va me falloir rejoindre le Castelaid par mes propres moyens. Moi qui ai horreur de la marche à pied ! Oh ! un bruit !... Il y a quelqu'un ? Là ! une ombre qui se glisse dans le fond ! Hé ! montre-toi. Allons, approche. Tu m'entends ? Allons, obéis ! Tu as compris ? Montre-toi, je te l'ordonne à nouveau !

L'ÉCHO

Veau... veau... veau

TRISTOUILLET

Qui se moque ? Sors de là, scélérat !

L'ÉCHO

Rat... rat... rat...

TRISTOUILLET

Me traiter de rat ? Ah ! misérable, il va t'en coûter car vraiment tu abuses !

Notes

Des éclats de rire cristallins volent aux quatre coins de la forêt. Tristouillet se recroqueville et se couvre les oreilles : jamais il n'a entendu quelqu'un rire. Lorsque le calme revient enfin, quelques Chagrineux et Chagrineuses sortent du couvert de la forêt où ils ramassaient des champignons. Ils s'approchent du roi, l'examinent avec méfiance et y vont tour à tour de leur commentaire. >

L'Écho

Buse… buse… buse…

Tristouillet

Je te ferai trancher le cou pour t'apprendre à ne pas dépasser les limites !

L'Écho

Mite… mite… mite…

Tristouillet

Assez !

L'Écho

Hé, hé, hé !

Un Chagrineux

C'est-y c'lui-ci qui a poussé ces drôles de cris ?

Une Chagrineuse

Y a pas à dire : on sait plus s'tenir d'nos jours.

Un Chagrineux

C'est-y pas malheureux d'voir ça !

Notes

Chagrineux et Chagrineuses

Y a tout qui va pas !

Une Chagrineuse

D'où qu'y peut bien sortir ?

Un Chagrineux

L'est sûrement pas d'ici ! On n'a jamais vu sa bobine.

Un Chagrineux

Allez, toi, file d'là ! Y a pas d'place pour les vagabonds ici.

Une Chagrineuse

Ouste ! Va donc s'couer tes puces ailleurs.

Tristouillet

Non mais ! À qui croyez-vous parler ? Manants, rustauds, pique-mottes, bouseux, croquants ! Je suis le roi ! À genoux ! À genoux devant moi, tout de suite, ou vos têtes vont tomber !

Notes

Un Chagrineux

Le roi ! C'est-y pas croyable d'entendre ça !

Une Chagrineuse

L'est tout crotté, cet épouvantail, mais y s'prend pour le roi.

Un Chagrineux

Les gens y respectent plus rien, à c'te heure !

Chagrineux et Chagrineuses

Y a tout qui va pas !

Tristouillet

Je vous dis et je vous répète que je suis Tristouillet, vous m'entendez ?

Un Chagrineux

Passe ton chemin, malpropre, va-nu-pieds !

Une Chagrineuse

L'a plus de chaussures mais l'a plus toute sa tête non plus.

Notes

Un Chagrineux

On en voit d'belles aujourd'hui !

Chagrineux et Chagrineuses

Y a tout qui va pas !

Tristouillet

Mais qu'est-ce qui ne va pas à la fin ? Vous radotez. Et de quoi vous plaignez-vous, hein ? Dites voir un peu ?

Un Chagrineux

Ben... heu...

Tristouillet

Vos récoltes sont mauvaises ?

Un Chagrineux

Nenni !

Tristouillet

Le gibier manque ?

Un Chagrineux

Nenni !

Notes

TRISTOUILLET

C'est la pêche qui ne donne rien alors ?

UNE CHAGRINEUSE

Nenni !

TRISTOUILLET

Alors qu'est-ce qui ne va pas ?

CHAGRINEUX ET CHAGRINEUSES

Ben… heu…on n'sait pas. Faut qu'on y réfléchisse.

TRISTOUILLET

Vous devez bien avoir une raison d'être mécontents ?

UN CHAGRINEUX

Ben… heu… ça serait-y pas les impôts, les gars ?

UN CHAGRINEUX

Ouais, ça doit être ça ! Les impôts, les taxes, les redevances !

En entendant à nouveau le rire qui éclate en feu d'artifice, les Chagrineux et les Chagrineuses disparaissent aussitôt, comme s'ils avaient eu le diable à leurs trousses, et Tristouillet reste seul à trembler.

>

UNE CHAGRINEUSE

Les péages, les droits, les prélèvements !

TRISTOUILLET

Mais sacré nom de nom ! Ça fait des années que vous refusez de payer quoi ce soit ! Impossible de vous soutirer la moindre pièce de monnaie.

CHAGRINEUX ET CHAGRINEUSES

Ça s'pourrait qu'y dise vrai…

L'ÉCHO (À NOUVEAU)

Hé, hé, hé !

CHAGRINEUX ET CHAGRINEUSES

Fichons le camp ! Voilà-t-y pas que ça recommence !

L'ÉCHO

Ho, ho, ho !

TRISTOUILLET

Ça me glace le sang. Je n'ai jamais rien entendu de pareil.

Notes

Une jeune et ravissante fée apparaît, elle a un large sourire aux lèvres et des yeux qui pétillent de malice. Comment sait-on que c'est une fée ? Le chapeau pointu et la baguette ! Ça ne trompe pas. Qui d'autre oserait se promener accoutré de la sorte sans craindre de passer pour quelqu'un d'un peu dérangé ? >

L'ÉCHO

Ah, ah, ah !

TRISTOUILLET

On fait « aïe » quand on a mal, ou alors « ouille », « hou ! là là » quand ça ne va pas... mais ça, qu'est-ce que c'est donc ?

RISETTE

Hé, hé, hé ! Vous me faites rire !

TRISTOUILLET

Hein ? Qu'est-ce que c'est que ça : rire ?

RISETTE

Excusez-moi, je manque à la plus élémentaire des politesses. Il me faut d'abord vous saluer et me présenter : je suis la fée Risette, en visite dans ce pays. Une belle journée, monsieur, n'est-ce pas ?

TRISTOUILLET

Une fée ? C'est vraiment mon jour de poisse !

Il tire la langue à Risette. >

RISETTE
Eh bien ! Vous pourriez au moins me rendre mon salut.

TRISTOUILLET
Voilà !

RISETTE
Oh ! Comment peut-on être aussi malpoli ?

TRISTOUILLET
Sachez que je suis le roi Tristouillet, seigneur et maître de ces lieux.

RISETTE
Un roi ? Permettez-moi de vous dire que vous n'en avez guère l'allure.

TRISTOUILLET
Occupez-vous de ce qui vous regarde. Je vous ordonne de débarrasser le plancher. Et au trot !

RISETTE
De mieux en mieux ! Et peut-on savoir pourquoi vous n'aimez pas les fées ?

Notes

TRISTOUILLET

Tout le monde le sait, elles n'ont qu'une idée en tête : faire le bonheur des gens. C'est pourquoi on ne les aime guère en Chagrinie.

RISETTE

Vous préférez sans doute les sorcières avec des boutons sur le nez et des poils au menton.

TRISTOUILLET

Avec elles, il n'y a pas de surprise, on ne risque pas de changer d'humeur.

RISETTE

Vous y tenez tellement à votre méchant caractère ?

TRISTOUILLET

C'est ce que j'ai de plus cher ! Il y a des générations qu'on se le transmet, c'est notre héritage. Je tiens le mien de mon père Ronchonneau Ier, fils de Bourru IV, lui-même fils de la reine mère Rabat-Joie…

Notes

RISETTE

Tsss ! Tsss ! Savez-vous que si vous consentiez à faire un brin de toilette, à passer de beaux habits et à quitter une si triste mine, vous seriez assez mignon ! Mais laissons là ce sujet, je m'égare. Dites-moi plutôt, vous ne vous amusez jamais ?

TRISTOUILLET

Pouahhh !

RISETTE

Vous n'êtes jamais en joie ?

TRISTOUILLET

Pouahhh !

RISETTE

Vous n'avez jamais le cœur léger ?

TRISTOUILLET

Pouahhh, vous dis-je !

RISETTE

Vous ne goûtez donc aucun de ces petits plaisirs si simples qui rendent la vie

Notes

Elle danse et chante. >

belle : enfouir ses pieds dans du sable chaud, mordre dans une pomme bien mûre, danser et chanter sous la pluie, caresser le dos d'un chat, flâner sur un chemin inconnu par un beau matin d'été, comme ça, pour rien, pour saisir le bonheur qui flotte dans l'air. Se savoir vivant, vivant !

TRISTOUILLET

Balivernes ! Vous croyez que j'ai du temps à perdre ? Vous oubliez que je suis le roi. Dans ce métier, on a d'épouvantables journées.

RISETTE

Vous ne vous amusez donc jamais ?

TRISTOUILLET

Je ne sais pas de quoi vous voulez parler !

RISETTE

Je vais vous montrer.
Bougon, grognon, ronchon,
Tout cela n'est pas bon !
Riez, dansez, chantez,

Notes

Plus jolis vous serez.
Bougon, grognon, ronchon,
Tout cela n'est pas bon!
Rions, dansons, chantons,
C'est bien plus folichon!

TRISTOUILLET
Quelle idiotie!

RISETTE
C'est tout ce que vous éprouvez?

TRISTOUILLET
Éprouver quoi?

RISETTE
Vous n'avez pas eu envie de sourire. Le coin de vos lèvres n'a pas cherché à rejoindre le bout de vos oreilles.

TRISTOUILLET
C'est dégoûtant! Laissez-moi tranquille.

RISETTE
Je vois. Votre cas est sérieux. Aux grands maux, les grands remèdes!

Notes

La fée Risette, plus rapide que l'éclair, dépose un baiser sur la joue de Tristouillet avant même qu'il n'ait pu faire un mouvement pour l'esquiver.

>

TRISTOUILLET

Ne m'approchez pas ! Ne me touchez pas !

RISETTE

N'ayez pas peur. Je jette mon chapeau et ma baguette magique au loin, vous ne risquez rien. Regardez, mes cheveux sont dénoués, ils descendent sur mon dos en cascade. Comment les trouvez-vous ?

TRISTOUILLET

Ah ! Partez !

RISETTE

J'enlève ma grande cape. Vous voyez, maintenant, je ne ressemble plus à une fée, vous pouvez être rassuré, vous n'avez devant vous qu'une jeune fille. Vous avez vu comme ma taille est fine ? Comment la trouvez-vous ?

TRISTOUILLET

Retournez d'où vous venez !

TRISTOUILLET

Ah ! Qu'est-ce que vous m'avez fait ! Mais qu'est-ce que vous m'avez fait ! J'ai le

Notes

La fée Risette éclate encore une fois de rire, et c'est sur cette note joyeuse que prend fin le deuxième tableau.

cœur qui bat à tout rompre, j'ai les joues qui sont en feu, j'ai les mains qui transpirent et les genoux qui tremblent ! Et les muscles de ma bouche ! Les voilà qui se mettent en mouvement, ça me tire sur les lèvres. Mais qu'est-ce que j'ai ? Au secours, je suis perdu !

RISETTE

Vous souriez !

TRISTOUILLET

C'est affreux ! Qu'est-ce qui m'arrive ?

RISETTE

Vous êtes amoureux, tout simplement !

Noir

Personnages apparaissant dans le tableau 3

GEIGNARD
GROGNARD
GRINCHOTARD
MADAME GRINCHOTARD
BROIDUNOIR
GALIMAFRÉE
TRISTOUILLET
PLUSIEURS CHAGRINEUX ET CHAGRINEUSES

Troisième tableau : la guerre du trône

De retour au Castelaid, la salle du trône est pareille à elle-même : aussi sinistre que précédemment. Le trône est toujours à sa place mais il est en piteux état, le siège royal est brisé. Geignard et Grognard tentent de le réparer avec des bouts de ficelle. Tous deux portent un casque sur la tête. C'est curieux, le rideau se serait-il ouvert sur un théâtre... d'opérations militaires ?

GROGNARD

Tout semble tranquille pour l'instant. Pendant que nous sommes seuls, profitons-en pour rafistoler ce trône.

GEIGNARD

Ça ne va pas durer, ça ne va pas durer ! Le calme précède toujours la tempête.

Notes

GROGNARD
Les jours se suivent et se ressemblent depuis une certaine partie de chasse.

LES DEUX
Ah ! là, là !

GROGNARD
Voilà un mois entier que Tristouillet a disparu. Hélas ! il n'y a plus d'espoir de le revoir vivant à présent.

GEIGNARD
Dans la forêt, les loups n'en auront fait qu'une bouchée.

GROGNARD
Contre la mort, point de remède !

LES DEUX
Ah ! là, là !

GROGNARD
Il m'arrive parfois de le regretter.

GEIGNARD
S'il revenait, j'en oublierais même les

Notes

On entend des cris et des vociférations dans le lointain. Soudain, apparaissent monsieur et madame Geignard, Broidunoir et Galimafrée. Tous quatre semblent en grand désaccord. Ce qui expliquerait, peut-être, le bel échantillon de bleus, de bosses, de pansements et de compresses dont ils sont affublés ! >

calottes qu'il nous distribuait si généreusement chaque matin.

GROGNARD

Avec ceux que nous servons à présent la ration est quadruple.

GEIGNARD

Le remède est souvent pire que le mal.

GROGNARD

Cachons-nous ! Les voilà qui reviennent !

BROIDUNOIR

Sentinelle ! Moi je vous dis que nous n'avons qu'à trancher notre différend au sabre !

MADAME GRINCHOTARD

Butor ! Hercule de foire ! Brise-fer ! Il s'agit de régner sur notre bien-aibée Chagrinie, pas sur une piste de cirque !

GRINCHOTARD

C'est exact ! Pensez-vous que les muscles

Notes

suffisent pour gouverner un royaume ? Il faut savoir calculer ! Qu'on fasse un concours d'arithmétique et nous verrons bien qui l'emportera.

Broidunoir

S'il s'agit de soustraction, personne ne vous égalera !

Galimafrée

Che propoche un concours de pâticherie !

Grinchotard

Ne dîtes donc pas de sottises. Il faut choisir quelqu'un qui a le sens des affaires.

Broidunoir

Pour celles qui sont louches, oui, vous n'avez pas votre pareil ! Mais ce qui fait un roi, voyez-vous, c'est sa force de frappe !

Notes

MADAME GRINCHOTARD

Pas du tout, béchante brute ! C'est son habileté à tenir de beaux discours.

GALIMAFRÉE

Non ! Il faut une perchonne qui fache le poids !

BROIDUNOIR

Pas question ! Vous êtes hors jeu, espèce de cétacé.

GALIMAFRÉE

Chétaché ? Ch'est-à-dire ?

BROIDUNOIR

Cachalot !

GRINCHOTARD

Ça suffit, taisez-vous, tous les deux ! Vous n'êtes qu'un vieux pirate, monsieur, et vous, madame, qu'une baleine à bosse.

Tous se crêpent le chignon et se distribuent des coups en hurlant comme des enragés. Pendant ce temps, Geignard et Grognard protègent le trône chaque fois que les autres s'en approchent de trop près. >

GALIMAFRÉE

Chilence ! Che vais tous vous écrabouiller ! La reine che chera moi !

MADAME GRINCHOTARD

Quoi, elle ose ? Retenez-boi ou je vais percer cette grosse barrique !

GEIGNARD

Ça recommence !

GROGNARD

Ils sont prêts à tout pour monter là-dessus.

GEIGNARD

Il faudrait trouver un moyen de les départager.

GROGNARD

Proposons-leur un jeu pour désigner le futur roi.

GEIGNARD

Un jeu ?

Notes

GROGNARD

Si Tristouillet avait eu un fils, son héritier aurait pu tout aussi bien être un génie qu'un simple d'esprit. En laissant faire le hasard, nous ne prenons pas plus de risque.

GEIGNARD

Un jeu de boules ou de quilles, peut-être ?

GROGNARD

Trop dangereux, ils se les enverraient à la tête !

GEIGNARD

Ou bien un jeu de réflexion ?

GROGNARD

Ne les surestimons pas !

GEIGNARD

On ne peut tout de même pas leur conseiller le jeu de massacre !

Notes

GROGNARD

Ils le pratiquent déjà. Mais nous pourrions leur proposer un jeu de dés… Le jeu de l'oie par exemple !

GEIGNARD

Oh oui ! très bien. Le jeu de l'oie, voilà qui fera loi ! Je m'occupe du parcours.

GROGNARD

Mesdames, messieurs ! Cessez de vous battre et écoutez-moi !

BROIDUNOIR

Quoi ?

GRINCHOTARD

Oui ?

MADAME GRINCHOTARD

Qu'y a-t-il donc ?

GALIMAFRÉE

Qu'est-che que vous nous voulez ?

GROGNARD

Il existe un moyen de savoir lequel de

Notes

vous est le plus digne de succéder à Tristouillet.

Broidunoir

Sentinelle ! Voyez donc ce tire-au-flanc qui se mêle de nous donner des leçons !

Grinchotard

Laissez-le parler !

Grognard

Mon camarade a fini de tracer sur le sol les cases d'un jeu de l'oie et voici une paire de dés ! Le vainqueur portera la couronne de notre Chagrinie vénérée.

Grinchotard

Après tout, pourquoi pas.

Madame Grinchotard

D'une banière ou d'une autre, qu'on en finisse !

Galimafrée

Chuis d'accord ! Ch'est bientôt l'heure du repas, faut che dépêcher.

Notes

BROIDUNOIR

Eh bien, soit ! je me range à l'avis du plus grand nombre.

GROGNARD

Mettez-vous sur la case de départ, je vous prie. Afin que les chances soient égales pour tous, je lancerai moi-même les dés.

BROIDUNOIR

Qui commence ?

MADAME GRINCHOTARD

Honneur aux dabes. Je serai la prebière.

GALIMAFRÉE

Et moi, ch'arrive en checond.

BROIDUNOIR

Je fermerai la marche comme un brave.

GROGNARD

Je lance. Six et trois : neuf !

Notes

MADAME GRINCHOTARD

Oh ! c'est abusant ! J'avance : six, sept, huit et neuf ! Et voilà.

GROGNARD

Je lance ! Deux et trois qui font cinq. Allez à la case numéro cinq.

GALIMAFRÉE

Douchement, douchement ! Che peux pas aller auchi vite.

GROGNARD

Pour vous, monsieur le ministre de la Monnaie : un et trois qui font quatre.

GRINCHOTARD

Hum ! je me demande si je ne ferais pas mieux de lancer les dés moi-même.

GROGNARD

À votre tour, général. Cinq et six : onze.

BROIDUNOIR

Ah, ah, ah ! me voilà en tête du peloton.

Notes

MADAME GRINCHOTARD
Allez, lancez donc ces dés. Plus vite !

GROGNARD
Double-six : douze ! Vous rejouez : trois et un. Case vingt-six !

GEIGNARD
Extraordinaire ! Vous pouvez lancer vos dés trois fois de suite !

MADAME GRINCHOTARD
Ce jeu est divin ! Quelle bonne idée vous avez eue !

GROGNARD
Case quarante-deux. Le labyrinthe !

GEIGNARD
Vous retournez à la case départ.

MADAME GRINCHOTARD
Oh non !

GALIMAFRÉE
Ch'est bien fait ! À moi.

Notes

GROGNARD

Case dix-neuf. L'auberge ! Vous devez laisser passer un tour.

GRINCHOTARD

Et moi, où vais-je ?

GROGNARD

Case cinquante-deux. Vous voilà en prison.

BROIDUNOIR

Il ne reste que moi en course, j'ai donc gagné !

GROGNARD

Case cinquante-huit, vous tombez sur la mort !

GEIGNARD

Hélas ! vous n'êtes plus, général !

BROIDUNOIR

Ça suffit à présent, je vais vous apprendre à vous moquer du monde.

Notes

Tristouillet apparaît sur scène. >

GRINCHOTARD

Il a raison ce jeu est stupide !

MADAME GRINCHOTARD

Qui sont les balourds qui ont eu cette bauvaise idée ?

GALIMAFRÉE

Qu'est-ce qui che pache ? Che dois chortir de l'auberche ?

BROIDUNOIR

Sus ! À l'attaque ! Étrillons ces impertinents ! Donnons-leur une sévère leçon. Pas de quartier ! Pas de quartier !

MADAME GRINCHOTARD

Oui ! À bort, à bort les arbitres !

TRISTOUILLET

Quelle belle journée, mes amis ! Ne trouvez-vous pas ?

TOUS LES AUTRES

Ahhhh ! un revenant !

Notes

Voici donc ce que l'on appelle communément un « coup de théâtre ». Tristouillet est revenu. Il porte un habit assez simple mais de couleur éclatante. Devant cette apparition, qu'on croit surnaturelle, on défaille, on tourne de l'œil, on claque des dents, on vacille, certains ont des sueurs froides et d'autres les poils qui se hérissent. Pour finir, les quatre candidats au titre royal, tout comme les deux valets qui les accompagnent, prennent la poudre d'escampette et ne demandent pas leur reste. Tristouillet reste seul. Devant son trône brisé, il rit. Oui ! il ne peut s'empêcher de rire. C'est alors que nombre de Chagrineux et de Chagrineuses qui se tenaient tapis dans l'ombre s'approchent de lui, ainsi qu'ils le firent un mois plus tôt dans la forêt.

TRISTOUILLET

Hé, hé, hé ! Que c'était comique ! Hé, hé, hé !

UN CHAGRINEUX

Ça serait-y pas c'lui qu'on a vu dans le bois ?

UNE CHAGRINEUSE

Ça s'pourrait bien.

TRISTOUILLET

Hé, hé, hé !

UN CHAGRINEUX

Y fait le même drôle de bruit qu'on a entendu l'autre fois !

UNE CHAGRINEUSE

C'est-y pas qu'il a mal quelque part ?

UNE CHAGRINEUSE

Ça va-t-y, monsieur ?

TRISTOUILLET

Oh oui ! ça va, mes amis. Hé, hé ! Quelle rigolade !

Notes

UN CHAGRINEUX

Qu'est-ce que c'est-y la rigolade ?

TRISTOUILLET

Si vous aviez pu voir ce tableau ! Les bobines que faisaient mes ministres et mes valets ! Les malheureux ont cru que j'étais un fantôme !

UN CHAGRINEUX

Mais de quoi peut-y bien parler ? J'n'y comprends goutte.

TRISTOUILLET

Broidunoir est devenu vert de peur ! Lui qui voit des étrangers partout, quand il va se regarder dans une glace : il va en apercevoir un pour de bon. Je vous fiche mon billet que ça va lui flanquer la colique. Hé, hé, hé ! C'est tordant !

UN CHAGRINEUX

Voilà-t-y pas que ça le reprend.

TRISTOUILLET

Quel spectacle, mes amis ! La Galimafrée

Notes

s'est étranglée de surprise, le Grinchotard se cachait sous les jupes de sa femme et cette dernière faisait un bruit de castagnettes avec ses dents. Cette volée de poules mouillées a décampé à tire-d'aile comme si le diable était apparu. C'est dommage, j'avais quelque chose d'important à leur dire. Des poules mouillées, je vous jure !

UN CHAGRINEUX
Parlez tout bas, monsieur, ça s'pourrait qu'on vous entende.

TRISTOUILLET
Qui donc ?

UNE CHAGRINEUSE
Le roi, pour sûr !

TRISTOUILLET
Le roi ? Il n'y a plus de roi.

UN CHAGRINEUX
C'est-y donc vrai ce qu'on nous a dit : Tristouillet est mort ?

Notes

TRISTOUILLET

Mort de rire, oui ! Mais, dites-moi, pourquoi vous trouvez-vous ici ? Les portes du Castelaid sont-elles enfin ouvertes à tous les Chagrineux et les Chagrineuses ?

UN CHAGRINEUX

C'est parce qu'la couronne de Tristouillet doit passer sur un'autre tête.

UNE CHAGRINEUSE

Y nous ont fait venir pour crier : « Le roi est mort, vive le roi ! » C'est pour ça qu'on est là.

TRISTOUILLET

Il n'y a plus de roi, je vous dis ! Parti, envolé, Tristouillet. Dans le pays d'où je viens, il porte le nom de Folichon à présent. Savez-vous que, là-bas, il a appris à enfouir ses pieds dans du sable chaud, à mordre dans une pomme bien mûre, à danser et chanter sous la pluie, à caresser le dos d'un chat, à flâner sur un chemin inconnu par un beau matin d'été,

Notes

comme ça, simplement, pour saisir le bonheur qui flotte dans l'air.

UN CHAGRINEUX

À quoi ça sert-y tout ça ?

TRISTOUILLET

À rien d'autre qu'à se faire plaisir, qu'à se sentir vivant. Mais il y a plus merveilleux encore. Avez-vous déjà éprouvé un sentiment capable de faire battre votre cœur à tout rompre tandis que vos joues sont en feu, que vos mains transpirent et que tremblent vos genoux ? Un sentiment qui donne l'impression que votre cœur, justement, est si grand que le monde tout entier pourrait y tenir.

UN CHAGRINEUX

Qu'est qu'y dit ? Ça doit être affreux !

TRISTOUILLET

Pas du tout, mes amis. C'est à la fois grand et minuscule, chaud et froid, doux et amer. On ne saurait s'en passer après

Notes

y avoir goûté. C'est l'amour, mes amis. Voilà ce qu'on trouve par-delà l'horizon.

Un Chagrineux
L'amour ?

Une Chagrineuse
Y ressemble à quoi, l'amour ?

Tristouillet
Il a des traits différents pour chacun d'entre nous. Pour moi, il possède le visage d'une fée toujours souriante.

Un Chagrineux
Y en a-t-y pour tout un chacun ?

Tristouillet
Mais oui, les grands, les gros, les beaux, les laids, les jeunes, les vieux, tout le monde a sa chance !

Un Chagrineux
Même de pauv' paysans comme nous ?

Notes

TRISTOUILLET

Oui, je vous dis ! Pourvu qu'on ait un peu de cœur, un tout petit peu de cœur.

UN CHAGRINEUX

Même c'lui-là avec son grand nez ? Et celle-ci qui louche et l'autre à côté avec son air d'gros bêta ?

TRISTOUILLET

Seuls ceux qui possèdent un cœur de pierre n'ont rien à espérer.

UN CHAGRINEUX

Ça alors, c'est-y pas marrant ? Pour une fois qu'on a droit à quelqu'chose. Hé, hé, hé !... Hein ? Quoi ? Pourquoi vous me regardez tous comme ça ?

UNE CHAGRINEUSE

Tu as fait : hé, hé, hé ! comme lui !

TRISTOUILLET

C'est vrai !

TOUS LES CHAGRINEUX

Hé, hé, hé !

Notes

Il se met à chanter. >

TRISTOUILLET

C'est ça !

TOUS LES CHAGRINEUX

Hé, hé, hé !

TRISTOUILLET

C'est ça, enfin ! Vous voyez, ce n'était pas si difficile. Désormais, je le proclame : de tristes figures ici, jamais plus on ne voudra.

Bougon, grognon, ronchon,
Tout cela n'est pas bon !
Riez, dansez, chantez,
Amoureux devenez.
Le monde, vous verrez,
En sera tout changé.

Le rideau est tombé sur la scène finale de Tristouillet, roi de Chagrinie. Vous aimeriez pouvoir jouer cette pièce ? Vous avez raison : la belle aventure que de monter sur les planches ! Vous vous demandez comment vous y prendre ? Eh bien, c'est très simple : avec les indications qui suivent vous serez bientôt en mesure de jouer la pièce que vous venez de lire.

Un genre théâtral : la sottie

Tristouillet, roi de Chagrinie est une belle sottie. Attention, sottie n'est pas sottise ! La nuance est d'importance. À la fin du Moyen Âge, au moment du carnaval et de la fête des Fous, il était d'usage de se moquer de tout et de tous. Les rôles étaient inversés : les pauvres étaient salués comme des princes, les puissants et les riches se montraient humbles et discrets ; quant aux fous et aux sots, ils étaient écoutés comme des sages et des philosophes. Au cours de cette période, il était permis de présenter des pièces comiques qui mettaient l'accent sur les difficultés et les injustices de l'époque. Des troupes entières de comédiens parcouraient le pays afin de jouer lors des différentes fêtes et foires. Sur les tréteaux montés à la hâte dans la cour d'une ferme, sur une place de ville ou de village, devant une église, une université, ou sur un champ de foire, triomphèrent deux genres bien distincts de théâtre comique : la farce et la sottie.

Dans la farce, les comédiens copient une réalité quotidienne en l'exagérant, en forçant les traits de caractère et les attitudes des personnages. Ceux-ci sont peu nombreux, il s'agit toujours de gens ordinaires : paysans, marchands, artisans. Le public peut voir en eux les défauts d'un voisin, d'un parent, d'une connaissance, mais chacun se garde bien de reconnaître les siens.

Les personnages de la sottie sont plus nombreux et d'un genre beaucoup plus extravagant : tous sont fous ou sots. C'est pour cette raison qu'on a fini par donner le nom de « sottie » aux pièces qui les concernent. Il ne faut pourtant pas s'y tromper : les vrais sots et les fous authentiques ne sont par forcément ceux qui paraissent l'être le plus. La sottie est en effet une forme de théâtre qui, sous le voile du comique et de la bouffonnerie, jette un regard critique sur les malheurs du monde et dénonce ceux qui en sont responsables.

Trois types de personnages

Dans les sotties, on distingue tout d'abord le groupe des **sots ordinaires**, une sorte de sots fort répandue à qui chacun ressemble parfois. Lorsque le monde ne tourne plus rond, ce sont eux qui en subissent les désastreuses conséquences. On ne les nomme jamais de façon personnelle, on les appelle tantôt : Chacun, Plusieurs, les Gens ; ou bien on les désigne par Premier Sot, Second Sot, Troisième Sot et ainsi de suite. Nos Chagrineux et Chagrineuses entrent dans cette catégorie, on l'aura compris.

Derrière l'apparente folie de ces sots ordinaires se cache cependant un solide bon sens. Il leur permet de porter un jugement critique sur la société et sur une seconde sorte de sots qui sont autrement plus dangereux : les **sots malfaisants**. Nombreux sont ceux qui peuvent prétendre à ce titre et dont on fera le procès au cours de la sottie. On trouve dans cette catégorie : le sot glorieux, le général Broidunoir en est un fidèle représentant ;

le sot trompeur, on reconnaîtra monsieur Grinchotard ; le sot ignorant, les prédictions de Galimafrée en illustrent la stupidité. On rencontre aussi le sot marchand, avare et cupide ; le sot puissant dont le pouvoir fait trembler les autres, on peut y voir Tristouillet première manière ; le sot courtisan, il se conjugue au féminin avec Madame Grinchotard ; le sot corrompu ; le sot galant, et une infinité d'autres, bien entendu. Ils sont les vivants exemples des défauts et des vices qui sont la cause des maux et des injustices dont souffre la société.

Il existe également une troisième catégorie de sots, celle du **sot contestataire**, comme la fée Risette, ou Tristouillet lorsqu'il revient en Chagrinie. Le sot contestataire est l'élément perturbateur de la pièce, celui qui va enfin remettre le monde à l'endroit, même si tout le monde sait que la folie des hommes ne tardera pas à le replonger une nouvelle fois cul par-dessus tête !

Trois genres de sotties

La sottie se décline en trois genres principaux. Dans un premier temps apparu-

rent les **sotties-parades**. Elles sont proches du défilé carnavalesque et de la fête des Fous. Il n'y a pas à proprement parler d'action ni de trame dans une sottie-parade, les sots se succèdent sur scène à seule fin de lancer mille folies et de grasses plaisanteries. Au cours de ces défilés, les sots ou fous ordinaires portent une simple robe de toile avec un capuchon dont la forme rappelle des oreilles d'âne. C'est le costume que porte Tristouillet en se levant. Son bonnet de nuit, mis par-dessus la couronne, pourrait en effet passer pour un bonnet d'âne.
Dans les **sotties-procès**, la pièce prend l'apparence d'une véritable séance de tribunal où les sots viennent se plaindre tour à tour. Le décor n'est constitué que d'un seul siège placé entre deux portes par où entrent et sortent accusés, plaignants et témoins. Au fond de la scène, on place un rideau qui sert à délimiter les coulisses. C'est le dispositif scénique choisi pour *Tristouillet, roi de Chagrinie*.
La forme la plus tardive est celle des **sotties-histoires**. C'est autour d'une successions d'actions que s'organise ce type de pièces. Les événements s'enchaînent

les uns aux autres jusqu'à former une histoire; on peut y voir se modifier le comportement d'un ou de plusieurs personnages. Les aventures de Tristouillet s'inscrivent naturellement dans cette tradition.

Avec la farce, la sottie est l'un des genres de théâtre les plus intéressants de la fin du Moyen Âge. On y témoigne sans cesse d'un esprit critique et de la volonté d'améliorer le monde, d'en réparer les injustices. Plus encore, ce sont les travers, défauts et faiblesses de tout un chacun qui y sont dénoncés. Pour rire de l'autre, il faut commencer par apprendre à rire de soi, la leçon est toujours d'actualité. C'est en cela que la sottie ne s'est en rien démodée et qu'on peut encore en écrire et en jouer aujourd'hui!

S'entraîner au jeu théâtral

Comment donner vie à des mots écrits sur le papier? Comment jouer un personnage? Comment se souvenir d'un texte. De quelle manière le dire? Comment réaliser la mise en scène d'une pièce?

En premier lieu, il faut savoir que le théâtre est un art qui se pratique en groupe, on parle de troupe ou de compagnie théâtrale. Il est donc nécessaire de se réunir à plusieurs, avec une équipe d'amis, ou avec ses camarades de classe. On essaie d'être aussi nombreux que les personnages de la pièce, sans oublier toutefois qu'un acteur peut jouer plusieurs rôles si ceux-ci ne sont pas en scène au même moment. Par exemple : Grinchotard, Madame Grinchotard, Broidunoir, Galimafrée, Grognard et Geignard ne rencontrent jamais les Chagrineux et les Chagrineuses dans la pièce.

Ensuite, on ne doit pas oublier que les acteurs sont des sportifs d'un genre particulier : ils utilisent leur corps, leur voix, leur mémoire, leur cœur aussi. Pour réaliser de bonnes performances, il leur faut donc s'entraîner régulièrement, ce sont les répétitions. Voici quelques exemples d'exercices qu'on peut pratiquer au début d'une séance de répétition pour se familiariser avec les personnages et les situations.

Jeu physique : Il est là!

Tous les joueurs se réunissent sur la scène. Ils marchent de façon décontractée, en silence, tout en se tenant éloignés les uns des autres. Un meneur de jeu, ou le metteur en scène, se place dans la salle et lance tout haut un adjectif indiquant une particularité physique : gros, bossu, petit, géant, etc. À ce mot, tous les joueurs se déplacent en essayant de ressembler à un personnage ayant cette caractéristique.

Ce jeu de marche se pratique ensuite avec des mots qui désignent un trait de caractère : prétentieux, étourdi, timide, etc. Puis, une émotion : effrayé, joyeux, triste, impatient, etc. ; enfin, en mélangeant physique, caractère et émotion. Par exemple : ventru, fier et en colère.

Pour terminer, le meneur de jeu lance le nom d'un des personnages de la pièce : Tristouillet, Broidunoir, Madame Grinchotard, Risette ou tout autre. Chaque joueur essaie alors de prendre la démarche du personnage désigné, d'avoir le même comportement. Dès que le meneur de jeu pense avoir reconnu le personnage parmi les joueurs, il le montre du doigt en criant: « Il est là! » Les autres joueurs s'arrêtent pour regarder leur camarade et se prononcent à leur tour sur sa façon de jouer le personnage.

Jeu de voix : La voix de son maître

Dans *Tristouillet, roi de Chagrinie,* des défauts de prononciation sont utilisés pour accentuer le côté comique de certains personnages: Madame Grinchotard prononce des B à la place des M, c'est son côté snob; Galimafrée des CH au lieu des S, elle a toujours la bouche pleine. Il existe d'autres moyens pour obtenir ce genre d'effets. L'un d'eux consiste à donner des intonations animales à la voix d'un personnage, tout en tenant compte de son caractère. Des grognements de bouledogue conviendraient parfaitement à Broidunoir.

On va donc s'exercer à prononcer les phrases suivantes en prenant l'intonation de l'animal indiqué, comme s'il avait appris à parler français sans pour autant se débarrasser de son accent. Puis on essaiera d'imaginer si certaines phrases correspondent à des personnages de la pièce.

Chien: Quatre grands-pères grognons et grincheux grignotaient des rognons grillés en grelottant dans un grand restaurant.

Chat: À la mi-août, matous et minous miaulent à mi-voix.

Rossignol: Le riz frit qui cuit, le riz cuit qui frit.

Chèvre: Ces brebis broutent mes belles blettes et mes betteraves, c'est vraiment bête ces bêtes.

Serpent: Si ces six sous sont à vous, ces soucis sont à moi, si, si, ça c'est sûr!

Chouette: Où! Où! Où êtes-vous mes petits choux? Montrez-vous, je vous cherche partout.

Corbeau: Ce crâneur crasseux qui crachote n'est pas un crack, sa cravate est cracra.

Pour continuer le jeu, on inverse ensuite la proposition. On choisit la réplique d'un personnage dans le texte de la pièce et on la prononce avec les intonations de l'animal choisi. Les autres joueurs doivent deviner de quelle bête il s'agit et dire si le choix est approprié.

Jeu de mémoire : L'inventaire

Les joueurs se mettent en cercle. On choisit un moment de la journée, le petit déjeuner, par exemple. Le premier joueur dit : café ; le second dit aussitôt : café, et ajoute par exemple : croissant ; le troisième : café, croissant, sucre... et ainsi de suite. Chaque fois qu'un joueur hésite ou oublie un élément de la liste déjà cité, il est éliminé. Le vainqueur est celui qui reste le dernier en course. Pour continuer à jouer, on choisira ensuite d'autres moments, situations ou lieux tirés de la pièce et on en dressera l'inventaire :

une salle de château ;
la forêt ;
une partie de chasse ;
un bulletin météorologique ;
un champ de bataille, etc.

Jeux d'improvisation : Devine qui vient ?

Improviser, c'est être capable d'inventer sur l'instant des gestes, des phrases, des

actions qui répondent à une situation donnée.
Deux joueurs sont sur scène, un troisième est caché en coulisse. Les deux joueurs sont dans la même situation que Grognard et Geignard au début du premier tableau : ils bavardent et échangent de mauvaises nouvelles. Le troisième joueur a choisi d'interpréter un autre personnage de la pièce sans le dire à ses deux camarades. Il entre en scène et va tenter de les surprendre en les mettant dans une situation qui va bouleverser toute leur improvisation précédente. Les joueurs qui interprètent Grognard et Geignard doivent deviner rapidement de qui il s'agit et adopter un comportement approprié. On l'a vu, Grognard et Geignard ont des attitudes différentes selon leurs interlocuteurs.

Le montage du spectacle

Après cette petite mise en forme qui avait pour but de vous familiariser avec les personnages de la pièce, il est temps d'entrer dans le vif du sujet et d'en explorer situations et actions. L'aventure qui consiste à monter la pièce commence désormais.

Improviser sur un canevas.

Le canevas est un mot qui désigne habituellement une toile grossière sur laquelle sont tracés les motifs d'un sujet à broder à l'aiguille. Pour les gens de théâtre, il s'agit du découpage action par action de la pièce. Il va permettre aux acteurs d'improviser, de broder justement, sur chacune de ces actions qui constituent la trame de la pièce. Les acteurs de la Commedia dell'Arte accrochaient le canevas des comédies qu'ils avaient à jouer dans les coulisses, derrière le rideau. Ceux qui n'étaient pas en scène pouvaient ainsi préparer leur improvisation suivante.

Pour commencer, il faut donc découper la pièce en petites séquences. Elles sont généralement comprises entre deux didascalies ce sont les textes en caractères italiques qui indiquent les entrées et sorties des personnages et qui donnent également des indications sur leur jeu de scène. La première scène, au début de la pièce, peut se résumer ainsi :

séquence 1
Geignard et Grognard
Geignard et Grognard entrent en portant les plateaux du petit déjeuner, l'un côté cour et l'autre jardin. Ils se rejoignent au milieu de la scène, se saluent en tirant la langue et font un brin de causette. La fatigue venant, ils sont sur le point de s'asseoir sur le trône.

Après en avoir pris connaissance, les deux comédiens interprétant Geignard et Grognard improviseront sur les actions indiquées. Ils inventent leurs propres mouvements, attitudes, gestes, expressions du visage et dialogues à partir du contenu de la séquence. Le metteur en scène, ou les autres comédiens, pourront observer et conseiller leurs camarades pendant ce temps. On continue ensuite avec la séquence suivante.

séquence 2
Geignard et Grognard, la voix de Broidunoir
Une voix résonne sèchement dans les coulisses, Geignard et Grognard sursautent. Ils reconnaissent la voix du général Broidunoir.

Ainsi, de séquence en séquence, sans encore avoir appris le moindre texte par cœur, on explore toute la pièce et on s'aperçoit qu'elle se met facilement en place comme les pièces d'un puzzle.

Je lis - Je dis

Beaucoup de personnes s'imaginent qu'un comédien doit parfaitement connaître son texte avant de commencer les répétitions. Les choses se passent différemment. Les comédiens travaillent tout d'abord assis autour d'une table, en lisant la pièce à voix haute. Plus tard, ils commencent à jouer tout en lisant le texte qu'ils tiennent à la main. La façon de le faire est un peu particulière, il s'agit de la technique du « Je lis-Je dis ». L'acteur a son texte en main, il place le pouce à l'endroit où se trouve la réplique qu'il doit dire. Dans un premier temps, il la lit en silence et la mémorise puis, il va dire

tout haut et jouer cette réplique sans avoir le nez plongé dans le texte. En faisant ainsi, il a tout loisir de se concentrer sur le jeu de son personnage.
Si la réplique est trop longue, l'acteur n'en mémorise qu'une partie, il la joue, puis il mémorise la suite et continue.

Tristouillet
Avez-vous déja éprouvé / un sentiment capable de faire battre votre cœur à tout rompre / tandis que vos joue sont en feu, / que vos mains transpirent et que tremblent vos genoux? /

Peu à peu on s'habitue à mémoriser des parties entières de scènes. Quand viendra enfin le temps d'apprendre par cœur l'ensemble du texte, le travail préalable avec « Je lis-Je dis » l'aura grandement facilité.

La mise en scène

Lorsque une scène est jouée en répétition, comment savoir quel effet elle aura sur le public? Il n'existe qu'un moyen: faire appel à quelqu'un qui se mettra en situation de spectateur. Depuis la salle, il pourra guider et conseiller les comédiens sur le plateau, il sera leur regard extérieur. C'est ce rôle qu'assume le metteur en scène. Pendant longtemps, on confia cette fonction à l'un des acteurs ou au directeur de la troupe. Au fil des siècles, le théâtre devint un art de plus en plus complexe, un art qui nécessite aujourd'hui de très nombreuses connaissances sur des sujets très divers : interprétation et jeu théâtral, littérature, psychologie, histoire, arts plastiques, musique, technique de la lumière, du son, de la machinerie scénique. Le travail du metteur en scène est devenu une spécialité à part entière, un activité artistique en soi, il va proposer aux acteurs, décorateurs, costumiers, accessoiristes et techniciens, sa vision personnelle d'une pièce écrite par quelqu'un d'autre : l'auteur. Voilà la raison pour laquelle, depuis des siècles, on peut sans cesse interpréter de façon nouvelle les pièces des grands auteurs dramatiques et comiques et toujours enchanter le public.

Un exemple d'idée de mise en scène ? On peut, dans *Tristouillet, roi de Chagrinie*, adapter les didascalies qui précèdent chaque tableau et les faire dire par un personnage extérieur à l'histoire.

Le décor

Aucun décor ou presque dans Tristouillet, roi de Chagrinie. Une tenture sombre en fond de scène s'ouvrant par le milieu suffira. Elle délimitera les coulisses et dissimulera les acteurs qui ne sont pas en scène. On peut disposer également d'un ou deux petits rideaux côtés cour et jardin, on les appelle pendrillons. Ils facilitent les entrées et sorties des personnages par les côtés latéraux. Le grand luxe, c'est de disposer également d'un rideau sur l'avant-scène, on le refermera entre chaque tableau.

Il vaut mieux éviter de s'encombrer d'une grande quantité de décors. Leur réalisation, tout comme leur installation, nécessite beaucoup de temps et d'énergie. Cette énergie-là, quand on débute, il est préférable de la garder pour le jeu et l'interprétation. Il ne faut pas oublier que le théâtre est magique. Il suffit de disposer quelques feuilles mortes au milieu du plateau et de dire : « Ceci est une forêt » pour que tout le monde la voie si l'acteur est convaincant. Les spectateurs imagineront alors la plus belle des forêts, celle de leurs rêves.

Les accessoires

Comme pour une recette de cuisine, la réussite au théâtre dépend grandement de la qualité des ingrédients utilisés. Pour les accessoires, il convient de trouver des objets qui possèdent une certaine unité de style. Pour cette pièce, il faut disposer des accessoires suivants :

— un trône en bon état;
— un autre trône, identique, mais cassé cette fois;
— deux plateaux avec de minuscules ustensiles pour le petit déjeuner;
— une couronne royale et un bonnet de nuit assez grand pour la recouvrir;
— un sac de friandises diverses;
— des feuilles mortes;
— des paniers à champignons;
— une baguette de fée;
— deux casques;
— des bouts de ficelle;
— des bandeaux, pansements et compresses;
— une paire de très gros dés à jouer;
— un bout de craie.

Les costumes

Au théâtre on ne parle jamais de déguisements mais bien de costumes. C'est un domaine auquel il est important d'apporter le plus grand soin. Le costume est en quelque sorte la peau du personnage. Le détail de certains costumes est clairement indiqué dans le texte. Par exemple, Tristouillet apparaît la première fois avec une ample chemise de nuit sur le dos ; la fée Risette, quant à elle, doit absolument porter un chapeau et une cape de fée puisqu'elle doit les ôter et les jeter au loin. Pour le reste, c'est un peu affaire de goût et de réflexion. De chance aussi, on déniche parfois des merveilles dans un grenier ou chez un marchand de fripes. Ce qui compte, là aussi, c'est de trouver une unité de style et de ne pas commettre de contresens pas rapport au texte et aux idées de la pièce. Il semble évident qu'en Chagrinie on préfère le gris aux couleurs vives.

Son, lumière, machinerie

La pièce ne nécessite que quelques bruitages :

— un bruit de vaisselle cassée ;
— une paire de claques ;
— des roulements de tonnerre.

En ce qui concerne la musique, on l'uti-

lisera si besoin entre les tableaux. Elle permettra de couvrir le bruit des changements d'installation sur scène et de la mise en place des acteurs. On peut, bien entendu, l'utiliser à d'autres moments en choisissant chaque fois une ambiance musicale adaptée à la scène concernée.
Choisir un style musical est affaire de mise en scène. Musique ancienne, classique, contemporaine, cela dépendra du goût du metteur en scène et des membres de la troupe. En règle générale, on évitera les morceaux chantés: les chances pour que les paroles correspondent au sujet de la pièce et à la situation représentée sont minces.
Tristouillet, roi de Chagrinie ne nécessite pas de machinerie, la pièce peut être jouée par tous et n'importe où. Seuls sont utilisées l'ouverture et la fermeture du rideau de scène. Si la salle n'en dispose pas, on peut faire le noir à chaque changement en coupant les lumières. Quant au reste de l'éclairage, il ne faut jamais oublier que les projecteurs ne servent pas qu'à éclairer les acteurs. Ils permettent aussi d'accentuer certains contrastes et d'établir des climats particuliers grâce à

l'utilisation de filtres colorés : les gélatines.
Vous êtes impatients à présent de frapper les trois coups et de vous lancer sur les planches. Auparavant, jetez donc un coup d'œil au lexique qui suit. Connaître les mots propres au théâtre vous permettra d'en découvrir l'envers du décor. Et maintenant à vous de jouer ! Le public vous attend !

Lexique

aparté :
paroles que prononce un personnage en s'adressant directement au public.

cadre de scène :
ouverture de la scène. Les dorures qui l'entourent font souvent penser au cadre d'un tableau.

cintres :
partie supérieure de la scène. Elle est masquée aux yeux du public et contient une partie des équipements et de la machinerie.

Commedia dell'Arte :
genre théâtral qui connut un vif succès du XVIe au XVIIe siècle en Italie. Les comédiens y sont masqués. Arlequin,

Pulcinella, Pantalone, Matamore, Brighella et le Docteur Balanzoni sont les personnages les plus célèbres de ce théâtre.

conduite :
ce document comporte à la fois le texte de la pièce et les indications scéniques : lumière, effets sonores, jeux de machinerie.

corde :
mot qui porte malheur aussi bien au théâtre que sur un bateau. Dans le passé, beaucoup de machinistes étaient d'anciens marins, rideaux et décors se hissant en effet comme des voiles.

côté cour et jardin :
un petit moyen pour mémoriser ces termes : depuis la salle, on regarde la scène comme s'il s'agissait d'un tableau noir et on y écrit Jules César. J comme Jules et Jardin est à gauche ; C comme César et Cour est à droite.

costumière :
personne qui s'occupe des costumes et de l'habillage des acteurs.

coulisses :
terme qui désigne l'espace de la scène masqué par le décor ou les rideaux. Les acteurs peuvent y circuler ou attendre leur entrée sans être vus du public.

couturière :
répétition où les comédiens portent leurs costumes de scène.

didascalies :
indications scéniques portées par l'auteur sur le texte de la pièce. Pour ne pas être confondues avec les dialogues, les didascalies sont le plus souvent imprimées en caractères italiques.

douche :
projecteur placé au-dessus d'un acteur qu'il éclaire comme une douche de lumière.

effet :
tout événement technique intervenant au cours du spectacle : changement d'éclairage, bruitages, manipulations de décors, de rideaux, mise en mouvement d'objets, effet de fumée ou utilisation de feux d'artifice.

entracte :
à l'époque où l'on éclairait la scène avec des chandelles, cette interruption permettait de les changer. Aujourd'hui, l'entracte offre une pause aux spectateurs et permet aux machinistes de changer de décor si nécessaire.

face et lointain :
lorsqu'un comédien est à la face, il se trouve au plus près du public. S'il gagne le fond de la scène, il se rend au lointain.

feux :
l'ensemble des éclairages de scène. Lorsque tous les projecteurs sont éclairés, on parle de pleins feux.

filage :
répétition où l'on joue la pièce du début à la fin sans en interrompre le fil.

four :
un spectacle qui n'obtient aucun succès, les fauteuils de la salle restent vides.

gélatines :
filtres spéciaux de plastique coloré résistant à la chaleur. On les place devant

les projecteurs pour donner à la lumière la couleur souhaitée.

générale :
dernière répétition avant la première représentation publique.

loges :
pièces où les acteurs se costument et se maquillent.

machinerie :
équipements techniques d'un plateau de théâtre. La machinerie permet d'ouvrir et de fermer les rideaux, de faire descendre des décors des cintres, de faire apparaître un acteur au milieu du plateau ou même de faire s'en élever un audessus. Les techniciens qui ont la charge de la machinerie sont des machinistes.

perches :
longues barres, autrefois en bois mais aujourd'hui en aluminium, sur lesquelles on peut suspendre toiles de décor, rideaux, ou projecteurs.

plateau:
sol de la scène qui est généralement constitué de planches de bois.

poursuite:
projecteur mobile qui permet de suivre les déplacements d'un acteur.

praticable:
tout élément scénique sur lequel peuvent se tenir les acteurs pour jouer: estrades, passages surélevés, escaliers.

première:
première représentation ouverte au public. On y invite souvent des personnalités en vue et des journalistes.

pendrillons:
rideaux placés sur les côtés de la scène et qui délimitent les coulisses.

prologue:
petite scène d'introduction à la pièce jouée.

régisseur :

personne responsable du bon déroulement de la pièce et de tout ce qui se passe sur le plateau et dans les coulisses. Le régisseur-lumière et le régisseur-son ont respectivement en charge l'éclairage et la sonorisation du spectacle.

saluts :

instant où tous les acteurs viennent s'incliner devant le public. Lorsque le succès est au rendez-vous, il y a des rappels : les acteurs reviennent saluer le public qui continue à les applaudir.

Patrice Favaro

Un théâtre ambulant, des tournées de ville en ville, la passion de l'auteur pour la scène l'a longtemps entraîné sur les routes de France et d'Europe. Tout à la fois comédien, metteur en scène, mais aussi musicien, marionnettiste ou même éclairagiste, rien de ce qui fait la magie du spectacle ne lui est étranger. Une magie qu'il aime à faire partager aux jeunes spectateurs et aux apprentis comédiens qui suivent ses cours de théâtre.

Aujourd'hui, quand il ne voyage pas, Patrice Favaro partage son temps entre le théâtre et l'écriture de romans, pour les petits et les grands.

Eric Puybaret

L'illustrateur est un jeune illustrateur tout juste sorti de l'école. Il a déjà collaboré à la collection « Les Trois Loups ».

Cet
ouvrage,
le huit cent
treizième
de la collection
CASTOR POCHE,
a été achevé d'imprimer
sur les presses de l'imprimerie
Maury Eurolivres
Manchecourt - France
en mars 2001

Dépôt légal : avril 2001.
N° d'édition : 0524. Imprimé en France.
ISBN : 2-08-16-0524-4
ISSN : 0763-4497-9
Loi n° 49-956 du 16 juillet 1949
sur les publications destinées à la jeunesse